No pasaran, le jeu

FichesdeLecture.com

No pasaran, le jeu
(Fiche de lecture)

I. INTRODUCTION

L'auteur

Christian Lehmann naît à Paris en 1958. Il fait des études de médecine. Adolescent il se passionne pour littérature anglo-saxonne et la science-fiction. Il est à la fois journaliste, médecin et écrivain. Il a publié cinq livres pour adolescents et deux ouvrages dans lesquels il partage son expérience de généraliste.

L'œuvre

« No pasaran, le jeu » est un roman fantastique pour adolescents. L'auteur veut mettre en garde ses lecteurs contre les effets néfastes des jeux vidéo. En effet, il encourage les adolescents à modérer leur temps devant les jeux vidéo. Ce récit qui a été écrit en 1996 rappelle aussi les méfaits de la guerre, la violence et le fascisme.

II. RÉSUMÉ DE L'ŒUVRE

Lors d'un voyage scolaire à Londres, trois lycéens Thierry, Éric et Andreas profitent de l'occasion pour se rendre dans une étrange boutique de jeux vidéos tenue par un vieil homme atypique. Alors qu'ils avaient noté l'adresse de la boutique sur un ticket de métro, ils doivent s'en séparer, Andreas insulte Thierry et Éric mémorise l'adresse. Ils arrivent enfin devant la boutique, ils regardent un moment la vitrine puis se décident à rentrer.

Éric et Thierry choisissent des jeux de stratégie, tandis qu'Andreas qui aime les jeux de guerre opte pour des jeux ultra-violents. Ils se dirigent vers la caisse, mais le vieil homme, rescapé des camps de concentration, au bras tatoué reconnaît sur le blouson du garçon, l'insigne de la légion Condor, choqué, il arrache l'insigne et offre un jeu, l'Expérience Ultime à Éric et Thierry et leur ordonne d'y jouer avec Andreas. Sur le moment, les garçons le prennent pour un fou car Éric et Thierry ignorent la signification de cet insigne.

De retour, chez eux, ils installent le jeu très particulier. Ce n'est pas un jeune comme les autres, il permet aux joueurs de revivre les combats et les batailles des plus grands conflits du XXe siècle. La violence et les scènes de guerre sont réelles et deviennent vite insoutenables pour les jeunes garçons. Ils réalisent alors qu'ils ne font pas qu'actionner les manettes, mais ils sont les personnages.

Éric et Thierry horrifiés et paniqués, refusent de tuer les « personnages vidéo », tandis qu'Andréas semble hypnotisé par la violence, grisé par le pouvoir qu'elle lui procure, il prend plaisir à tuer et détruire.

Ils sont à la fois acteurs et victimes, Thierry et Éric sont contraints de continuer à jouer sous la menace d'Andreas. Ils sont alors au cœur de la guerre civile espagnole. Andréas est à la tête d'une légion nazie, soutenant les troupes de Franco, tandis que Thierry et Éric sont aux côtés des résistants républicains, leur cri de ralliement est « ¡ No pasarán ! ».

Ils découvrent alors le vrai visage de leur « ami » Andreas, fils d'un membre actif d'un réseau raciste, antisémite, fasciste. Ennemis dans le jeu, mais aussi dans la réalité, ils vont devoir l'affronter jusqu'au bout.

Ce jeu les immerge sur les champs de bataille de la Première Guerre mondiale, de la guerre d'Espagne et de la guerre en ex-Yougoslavie. Ce dernier conflit les touche plus particulièrement car le frère d'Éric, Gilles est Casque bleu à Sarajevo et une de leur camarade de classe, Eléna, réfugiée serbe reconnait son père dans le jeu, il tue des gens.

Le récit se termine par une évocation de la déportation, Andreas, qui joue le rôle d'un SS au cours de la Rafle du Vel d'Hiv est arrêté et déporté avec les familles juives, en effet il est accusé d'usurpation d'identité, puisque seule la police française était au courant. Autour de lui il reconnaît le vieil homme tatoué de chiffres de la boutique qui est alors un jeune homme d'à peine quinze ans.

III. ÉTUDE DES PERSONNAGES

Éric

Lorsqu'il joue, il est plongé dans la guerre d'Espagne et s'oppose à Andréas. Il comprend alors ce que signifie l'insigne de celui qu'il croyait connaître. Il a un frère, Gilles qui est Casque bleu à Sarajevo, pendant le récit il est en permission pour quelques jours à Paris et laisse sur le chevet de son lit « L'Espoir » d'André Malraux. Au fur et à mesure du récit, c'est lui qui se montre le plus « humain » et est dégoûté de la violence, des conflits armés et finalement des jeux vidéos.

Thierry Boisdeffre

Il semble avoir des qualités de stratège et de chef de troupe, il porte d'ailleurs le même nom de famille qu'un général de la Première Guerre mondiale. Il a un malaise en plein cours, il vit sa propre exécution pendant la Première Guerre mondiale. C'est à ce moment qu'il prend conscience de la réalité du jeu et de la violence, il met alors en garde Éric contre les dérives du jeu.

Andréas

Il représente le « méchant » de la bande, dès le début du récit, il se montre agressif envers ses camarades et s'en prend violemment à eux lorsqu'ils écrivent l'adresse de la boutique de jeux vidéos sur un ticket de métro. Il porte plusieurs insignes sur sa veste qui ressemblent à des médailles militaires, mais Éric et Thierry ne connaissent aucune de leur signification. Son prénom a des sonorités germaniques et on apprend que son père adhère aux idéologies de l'extrême droite.

Il se montre égoïste et semble apprécier le goût du pouvoir. Il est aussi fasciné par la violence et la mort, il aime le jeu Doom. Il se laisse déduire par l'idéologie fasciste et prend plaisir à tuer, à détruire et aime la terreur que provoquent les armes.

Éléna

C'est une camarade de classe serbe réfugiée en France. Quand elle se rend chez Thierry et que les garçons jouent, elle découvre que son père est un meurtrier de guerre. Elle est à son tour confronté à la violence et aux exactions de son père. Elle se demande alors si elle est victime ou bourreau, cette dernière option semble la culpabiliser.

IV. AXES DE LECTURE

Un récit fantastique

Le fantastique est un genre littéraire que l'on définit par l'intrusion du surnaturel dans le cadre réaliste d'un récit, il s'agit de l'apparition de faits inexpliqués et théoriquement inexplicables dans un contexte connu du lecteur. Le fantastique se situe est à la frontière de l'étrange et du merveilleux.

Ce genre est lié à une atmosphère particulière, la peur y est souvent présente, que ce soit chez le héros, mais aussi dans une volonté de l'auteur de provoquer l'angoisse chez le lecteur. Dans ce livre, le lecteur ressent l'angoisse des jeunes garçons face à la cruauté des combats, mais aussi la peur qu'ils ressentent en découvrant le véritable visage de leur ami. Tout au long du récit, les personnages et le lecteur se posent beaucoup de questions sur la violence et la guerre.

L'insigne militaire que porte Andréas est l'élément déclencheur, il provoque la colère du vieillard de la boutique. Thierry et Éric qui ne savent pas que ce que porte leur ami fait référence aux troupes envoyées par Hitler pour soutenir Franco. Le vieil homme, rescapé des camps de concentration ne comprend pas qu'un jeune homme ose le porter et veut le punir. Il donne alors une disquette à Éric et Thierry contenant un jeu pas comme les autres. Il s'agit d'un jeu extraordinaire qui va bouleverser à jamais la vie des trois garçons.

Ce jeu les envoie dans des conflits passés, il y a donc une interférence du passé et du présent, du jeu et du non-jeu. Le récit est complexe, puisqu'il confronte le présent des adolescents à des conflits armés qui ont eu lieu dans le passé. L'auteur utilise ainsi un mécanisme fantastique qui transforme le jeu en réalité, dans laquelle les joueurs sont de véritables personnes réellement confrontées à la guerre.

Du virtuel à l'histoire

L'auteur dénonce dans son livre la violence de certains jeux vidéo. En effet, ces jeux font de plus en plus d'adeptes et évoluent rapidement et constamment grâce aux avancées technologiques, ce qui permet de lancer de nouveaux défis aux joueurs, mais peut parfois devenir indispensable particulièrement chez les jeunes joueurs. L'auteur met en garde contre la relation de dépendance qui peut s'installer entre le joueur et le jeu.

Pour certains, les jeux peuvent répondre à des frustrations, les jeux leur procurent alors une sensation de puissance ou d'appartenir à un groupe. Les jeunes joueurs sont alors pris dans une spirale infernale à l'instar d'Andréa,s qui, à la base endoctriné par un père fasciste, trouve dans les jeux vidéo un exutoire à son mal-être d'adolescent. Il prend plaisir à tuer et à devenir un soldat, il peut enfin extérioriser sa haine. Tandis qu'Éric et Thierry réalisent les effets néfastes de ce jeu et préfèrent s'en éloigner.

L'auteur en plus de dénoncer la dépendance que peut entrainer certains jeux, met en garde contre la violence d'une manière particulière puisqu'il introduit les jeunes héros et lecteurs dans des évènements historiques tels que la guerre d'Espagne. Nous faisons ici le choix de nous pencher sur ce conflit puisque le titre de l'œuvre en découle.

L'insigne que porte Andréas correspond à celui de la légion Condor qui est un bataillon allemand envoyé par Hitler en Espagne pour aider le général Franco. Ce dernier a entamé une guerre contre le gouvernement républicain du Front Populaire en juillet 1936. Le 26 avril 1937, cette unité aérienne a bombardé la ville de Guernica. Le peintre Picasso a réalisé une toile pour dénoncer l'horreur de cet acte. Le camp nationaliste voudrait mettre fin à la guerre civile en prenant Madrid. Mais il y a une résistance dans la capitale composée de milices populaires. « No Pasaràn ! » est leur slogan, ils ne passeront pas. Ils réussissent à stopper les nationalistes au Sud et à l'Ouest. Puis il y a un mois et demi de combats acharnés.

L'engagement de l'écrivain

Bien plus que la violence dans les jeux vidéo, l'auteur dénonce la violence en général. Il pousse le lecteur à prendre conscience de l'importance du savoir et du souvenir. Beaucoup de jeunes ont tendance à banaliser à violence à travers les jeux vidéo, mais l'auteur rappelle la réalité. Cette histoire invite le lecteur à réfléchir et à prendre position. Avec cette démarche, l'écrivain prend un véritable engagement, celui de faire réagir et réfléchir.

Ce récit a une suite, trois ans se sont écoulés, Éric et Thierry ont tenté d'expier l'Expérience Ultime. Éric ne se passionne plus pour les jeux vidéo et Thierry en a gardé un mauvais souvenir. Cependant, ils semblent mal vivre la disparition d'Andréas, ils éprouvent des remords. Thierry croit retrouver la trace d'Andreas en regardant une émission sur les dangers des mondes virtuels.

Dans la même collection en numérique

Escadrille 80

Inconnu à cette adresse

La controverse de Valladolid

Les Vilains petits canards

Une partie de campagne

Cahier d'un retour au pays natal

Dora Bruder

L'Enfant et la rivière

Moderato Cantabile

Alice au pays des merveilles

Le faucon déniché

Une vie

Chronique des Indiens Guayaki

Je voudrais que quelqu'un m'attende quelque part

La nuit de Valognes

Œdipe

Disparition Programmée

Education européenne

L'auberge rouge

L'Illiade

Le voyage de Monsieur Perrichon

Lucrèce Borgia

Paul et Virginie

Ursule Mirouët

Discours sur les fondements de l'inégalité

L'adversaire

La petite Fadette

La prochaine fois

Le blé en herbe

Le Mystère de la Chambre Jaune

Les Hauts des Hurlevent

Les perses

Mondo et autres histoires

Vingt mille lieues sous les mers

99 francs

Arria Marcella

Chante Luna

Emile, ou de l'éducation

Histoires extraordinaires

L'homme invisible

La bibliothécaire

La cicatrice

La croix des pauvres

La fille du capitaine

Le Crime de l'Orient-Express

Le Faucon malté

Le hussard sur le toit

Le Livre dont vous êtes la victime

Les cinq écus de Bretagne

No pasarán, le jeu

Quand j'avais cinq ans je m'ai tué

Si tu veux être mon amie

Tristan et Iseult

Une bouteille dans la mer de Gaza

Cent ans de solitude

Contes à l'envers

Contes et nouvelles en vers

Dalva

Jean de Florette

L'homme qui voulait être heureux

L'île mystérieuse

La Dame aux camélias

La petite sirène

La planète des singes

La Religieuse

À propos de la collection

La série FichesdeLecture.com offre des contenus éducatifs aux étudiants et aux professeurs tels que : des résumés, des analyses littéraires, des questionnaires et des commentaires sur la littérature moderne et classique. Nos documents sont prévus comme des compléments à la lecture des oeuvres originales et aide les étudiants à comprendre la littérature.

Fondé en 2001, notre site FichesdeLectures.com s'est développé très rapidement et propose désormais plus de 2500 documents directement téléchargeables en ligne, devenant ainsi le premier site d'analyses littéraires en ligne de langue française.

FichesdeLecture est partenaire du Ministère de l'Education du Luxembourg depuis 2009.

Plus d'informations sur www.fichesdelecture.com

ISBN: 978-2-511-03009-7

Notes :